1322

ODE

AV ROY,

SVR LA GVERISON

DE LA

REYNE MERE.

A PARIS,

Chez FRANÇOIS MVGVET, Imprimeur ordinaire
du Roy, ruë de la Harpe, à l'Adoration des trois Rois.

_____

M. DC. LXIII.

AVEC PERMISSION.

ODE
AV ROY,

Sur la guerison de la Reyne Mere.

VGVSTE Merueille du Monde,
Eternel exemple des Rois,
Solide soûtien de nos Loix,
Sur qui tout nostre espoir se fonde,
Je ne brigue point les faueurs,
Que nous promettent les neuf Sœurs,
Je trouue en ton Palais le Temple de Memoire,
Ton Genie est plus fort que celuy d'Apollon;
Et tu sçais quand tu veux dispenser plus de gloire
Qu'on n'en peut recüeillir dans le sacré vallon.

A ij

Ode au Roy.

Toutes les vertus heroïques
Qui forment l'ame d'vn grand Roy,
Et que l'on voit briller en toy,
Rendent tes loüanges publiques.
Dés que l'on veut te regarder,
Soudain on se sent posseder
D'vne diuine ardeur que le merite inspire ;
Valeureux dans la Guerre, & sage dans la Paix,
Tu gagnes sur les cœurs vn glorieux empire,
Que tu dois augmenter, & ne perdre jamais.

Mais je sens la fureur sçauante
Qui m'inspire vn autre dessein,
Et qui vient me remplir le sein
D'vne ardeur viue & surprenante :
Ie veux faire connoistre à tous
Ces sentimens nobles & doux
Que l'on a veû regner dans ton cœur magnanime,
Quand tu voyois languir au milieu des douleurs
Ce precieux objet d'vne eternelle estime,
Qui pour te conseruer répandit tant de pleurs.

Que ce jour fut plein de merueilles,
Qui couronna ta PIETE',
Et qu'vne si chere santé
Te cousta de soins & de veilles,
Lors que sans voix & sans vigueur
Cette Reine estoit en langueur
Ton amour faisoit voir sa force & sa noblesse,
Le Ciel qui vid ton cœur à ses ordres soûmis,
Considera long-temps, & trouua sans foiblesse
La douleur de la Mere & la bonté du Fils.

THERESE sur qui la Nature
A répandu tous ses bién-faits,
Laissoit languir tous ses attraits
Dans vne si triste auanture
Vn si déplorable mal-heur
Ternissoit la viue couleur
Qui brille sur les fleurs nouuellement écloses,
Ses yeux dans la tristesse estoient enseuelis
De son teint delicat elle effaçoit les roses,
Et l'on n'y voyoit plus que la blancheur des Lys.

Si la Parque euſt eu l'auantage
La France alloit perdre en vn jour
L'exemple de toute la Cour,
Et la merueille de noſtre âge ;
Les cœurs s'épuiſoient en deſirs ,
L'air retentiſſoit de ſoûpirs ,
On euſt dit que la France alloit aux funérailles,
Et craignant du deſtin l'irreuocable Arreſt,
Elle eut plûtoſt choiſi de perdre cent Batailles,
Que de perdre vne Reine auſſi grande qu'elle eſt.

Au tour du lit eſtoient rangées
Les Graces pleines de douleur,
Le ſentiment de leur mal-heur
Les auoit triſtement changées ;
Ces Graces dont l'attrait charmant,
Touche & ſoûmet en vn moment,
Le cœur le moins ſenſible, & l'ame la plus fiere,
Auprés de cette Reine, où la vertu reluit,
Au lieu de ſe montrer Filles de la lumiere,
Choiſirent la couleur des Filles de la Nuit.

La Royale magnificence,
Dont l'éclat a tant de pouuoir,
Negligeoit de se faire voir
Auec la pompe & l'abondance
Dans le dernier abatement
Languissante & sans ornement,
Elle appuyoit son Bras sur vn coin du baluftre,
Et dans le jufte excés de ses viues douleurs,
Quand la fièvre attaquoit cette malade illuftre,
Elle s'abandonnoit au torrent de ses pleurs.

La force, dont les juftes armes
Doiuent dompter les paffions,
Qui corrompent nos actions,
Par la puiffance de leurs charmes;
Elle enfin qui sous les vertus
Tient tous les vices abatus,
Voyoit auec regret le mal de sa Maiftreffe,
Et tandis que la Reine enduroit conftamment,
Cette vertu cedant au poids de la trifteffe,
A son cruel ennuy refiftoit vainement.

Ode au Roy.

Cette justice temperée
Par la régle de l'équité,
Qui d'accord auec la bonté,
N'est jamais de sang alterée:
Cette vertu qui fut toûjours
Ses delices & ses amours
Tant que dura son mal eut de fortes allarmes,
Pour ne pas voir souffrir ce miracle des Cieux;
Et pour cacher encor ses innocentes larmes,
Elle voulut laisser son bandeau sur les yeux.

On voyoit encor la prudence,
Non celle qui par son poison
Tache à corrompre la raison,
Sous vne trompeuse apparence,
Mais celle qui malgré le sort,
Et les embûches de la mort,
Possede, & fait briller des clartez toutes pures,
Elle qui de la Reine éclairoit tous les pas,
Et qui la preparoit aux disgraces futures,
Dans cette extrémité ne se consoloit pas.

Son

Toutes ces vertus differentes,
Souffroient vn tourment sans égal,
Et dans l'Apartement Royal
Estoient tristes & languissantes,
Semblables à nos belles fleurs
Qui perdent leurs viues couleurs
Quand le Pere du jour s'éclipse dans sa course,
Comme elles ont brillé d'vn éclat sans pareil,
Et que de leurs Beautez il est l'vnique source.
Elles craignent alors de perdre le Soleil.

Mais, grand Roy parmy ces allarmes,
Parmy tous ces objets de deüeil,
Qui nous menaçoient du cercueil,
Et qui nous condannoient aux larmes,
Ta PIETE' se faisoit voir
Dans son legitime deuoir,
Et des autres Vertus sembloit faire l'office,
Au lieu de succomber dans vn si grand mal-heur,
Ou d'accuser du sort la cruelle injustice,
Elle paroissoit forte & juste en sa douleur.

B

Son air eſtoit noble & modeſte,
Au milieu meſme du danger;
A la voir on pouuoit juger
De ſon origine celeſte,
D'vn ton de voix doux & charmant,
Elle alloit à chaque moment
Soulager les ennuis de noſtre grande Reine;
Et ſi par ſes deuoirs & par ſes doux tranſpors,
Elle n'euſt adoucy la rigueur de ſa peine,
En vain pour la guerir on euſt fait mille effors.

Elle appaiſoit cette obſtinée,
Cette fiévre qui dans le ſang,
Malgré tout l'éclat de ſon rang;
Perſecutoit ſa deſtinée,
La nature auecque l'amour
L'engageoient la nuit & le jour
A donner tous ſes ſoins au mal de la Princeſſe;
La fiévre menaçoit ſa Royale Grandeur,
Et cette Pieté, forte par ſa tendreſſe,
A des feux ſi mortels oppoſoit ſon ardeur.

Alors cette fiévre inhumaine,
Qui voyoit arrester son cours,
Conjura contre tes beaux jours,
Et quitta nostre grande Reine ;
Elle osa bien porter ses coups,
Et faire éclater son courroux
Contre l'heureux destin du plus grand des Monarques,
Ses frissons redoublez nous auoient fait trembler,
Mais pour laisser encor de plus funestes marques,
Sa rage d'vn seul coup vouloit nous accabler.

Enfin elle fut combatuë,
Par l'âge, l'art & la vigueur,
Nostre Roy demeura vainqueur,
Et la fiévre fut abatuë ;
VERSAILLES, ce lieu de plaisir,
Fauorable à nostre desir,
Fut contraire aux accés de son ardeur mortelle ;
Le Peuple ressentit les transports de la Cour,
Et lors qu'on eut semé cette grande nouuelle,
Il montra par des feux, le feu de son amour.

Ode au Roy.

Mais par vn fort inéuitable,
Qui fecretement nous conduit,
Nous voyons que la douleur fuit
Le fuccés le plus agreable;
A peine auions-nous refpiré,
Aprés auoir tant foûpiré,
Que cette injufte fiévre en cruautés feconde,
Reuint fur noftre Reine exercer fa rigueur,
Et dans vn noir chagrin replongea tout le Monde,
Lors qu'on ne penfoit plus qu'à guerir fa langueur.

Comme vn tyran plein d'infolence,
Que le crime rend inhumain,
Entre les armes à la main
Dans vne place fans défenfe,
Rien ne refifte à fa fureur;
Il jette par tout la terreur,
Et fuit les mouuemens que fa rage luy donne;
C'eft ainfi que la fiévre affemblant fes effors,
Surprit fans refpecter ny Sceptre ny Couronne,
Celle qui n'auoit rien de foible que le corps.

Odé au Roy.

Cette rude & nouuelle atteinte,
Prince né pour nous rendre heureux,
Fut vn coup du Ciel rigoureux
Qui renouuella noſtre crainte ;
Il réueilla tes ſentimens,
Et tous les diuers mouuemens,
Qu'excitoient en ton cœur l'amour & la triſteſſe,
Toute la France auſſi prit part à ce mal-heur,
Et voyant retomber cette auguſte Princeſſe,
Elle étouffa ſa joye, & reprit ſa douleur.

Mais le Ciel touché de nos plaintes,
De tes vœux & de tes ſoûpirs,
A remply tes juſtes deſirs,
Et diſſipé toutes nos craintes,
Apres vne ſuite de maux
Apres mille & mille trauaux
La fiévre abandonna ce miracle du Tage,
Rien ſans doute icy bas ne ſçauroit l'égaler ;
Et comme elle eſt encor la gloire de noſtre âge,
La France en la perdant n'euſt pû ſe conſoler.

Ode au Roy.

Les Graces reprirent leurs charmes,
Toutes les Vertus à leur tour,
Parurent aux yeux de la Cour,
Et ne verſerent plus de larmes
De leurs ſoûpirs & de leurs pleurs,
Il nâquit mille belles fleurs
Dont leurs adroites mains formerent des guirlandes,
On entendit dans l'air mille voix reſonner;
Ta PIETE', grand Roy, digne de leurs Offrandes,
Fut hautement loüée, & ſe vit couronner.

PRINCESSE que les deſtinées
Deſormais épargnent vos jours,
Sans en oſer borner le cours
Qu'apres vn grand nombre d'années,
Qu'elles coulent tranquilement,
Que LOVIS regne heureuſement;
LOVIS, dont la bonté charme toute la Terre,
LOVIS, dont la vaillance & les rares explois,
Auec tant de ſuccés ont terminé la Guerre,
Qu'enfin ils l'ont rendu le plus fameux des Rois.

FIN.

PERMISSION.

IL est permis à François Mvgvet, Imprimeur ordinaire du Roy, d'imprimer l'*Ode au Roy*, *sur la guerison de la Reyne Mere*. Fait à Paris ce treiziéme Aoust mil six cens soixante-trois.

Signé, DAVBRAY.

www.ingramcontent.com/pod-product-compliance
Lightning Source LLC
Chambersburg PA
CBHW061433170626
46811CB00005B/2247

*9 7 8 2 0 1 1 2 7 3 5 6 7 *